Le Fond du Bocal 1

Poupon

DRUGSTORE

Du même auteur

Aux éditions LE CYCLISTE

INVENTIONS SOLUBLES DANS LE 3E MILLÉNAIRE

REX ET LE CHIEN

ROMÉO CRAPOTO

Aux éditions GLÉNAT - (Treize Étrange)

LE CRI DE L'AUTRUCHE
(3 volumes)

Aux éditions PAQUET

SUPERSENSIBLE
(2 volumes)

Aux éditions LE 9E MONDE

PETITS MYTHES POUR LA PLUIE

Aux éditions PETIT À PETIT

MONSIEUR SNOB

Aux éditions DELCOURT

FAIRE SEMBLANT LES JOURS D'ORAGE
(à paraitre - avril 2009)

31-33, rue Ernest Renan / 92130 Issy-les-Moulineaux
Dépôt légal : janvier 2009
I.S.B.N. 978-2-7234-6897-8
Achevé d'imprimer en France en janvier 2009 par Pollina (France) - L49208.

GALILÉE POISSON ROUGE

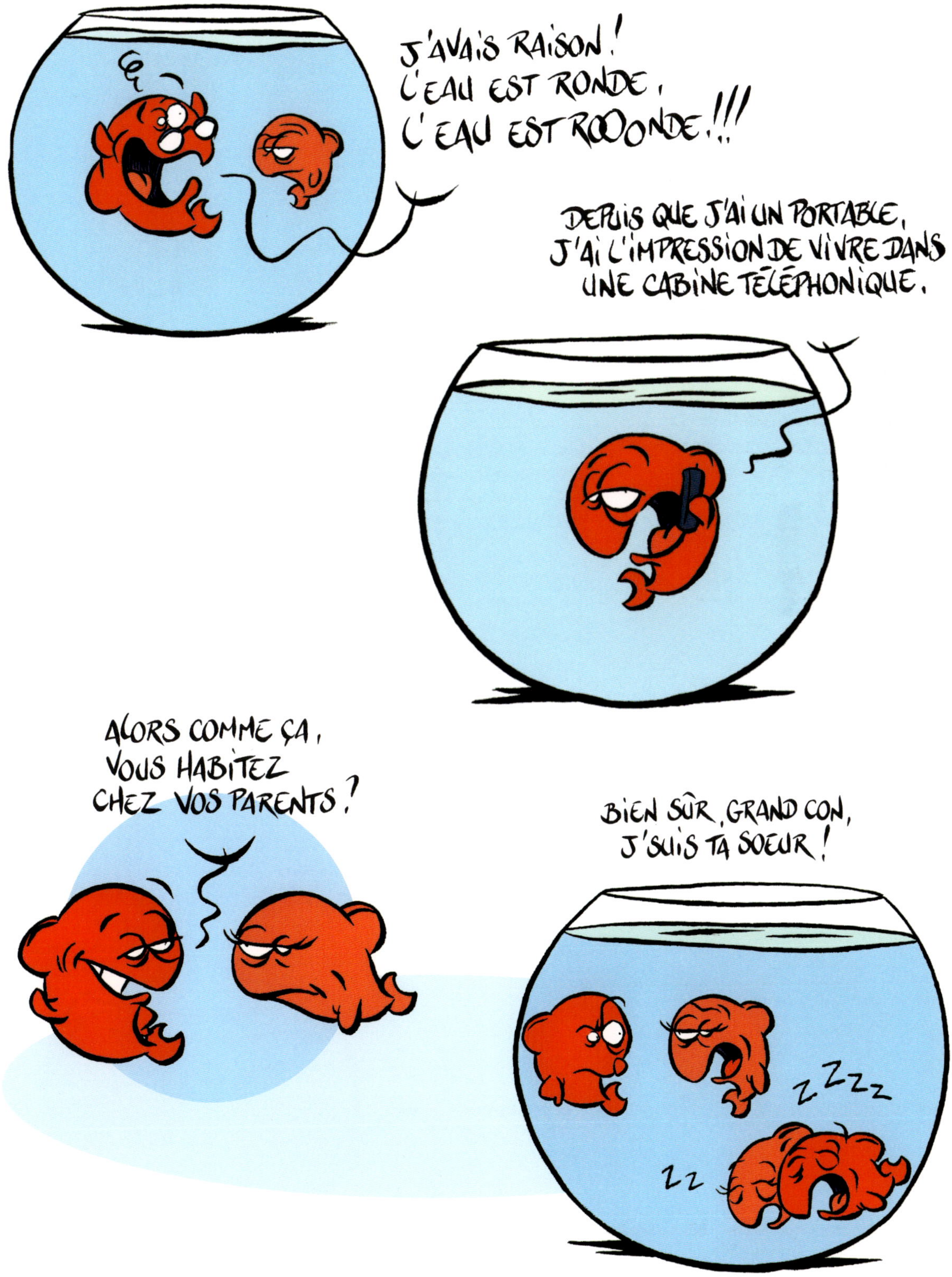

SYNONYME DE LIBERTÉ... EN 4 LETTRES.
LIBERTÉ ? FACILE, MORT.

TENTATIVE DE SUICIDE

LE CIMETIÈRE DES POISSONS ?
VOUS EN FAITES PAS...

VOUS DEVRIEZ PAS AVOIR TROP DE MAL À TROUVER.

PARIGOTS
TÊTES DE VEAUX !
764,
765,
766...
J'AI RÉUSSI !
LIIIBRE !
JE SUIS LIBRE !!!

POISSON ROUGE PARISIEN

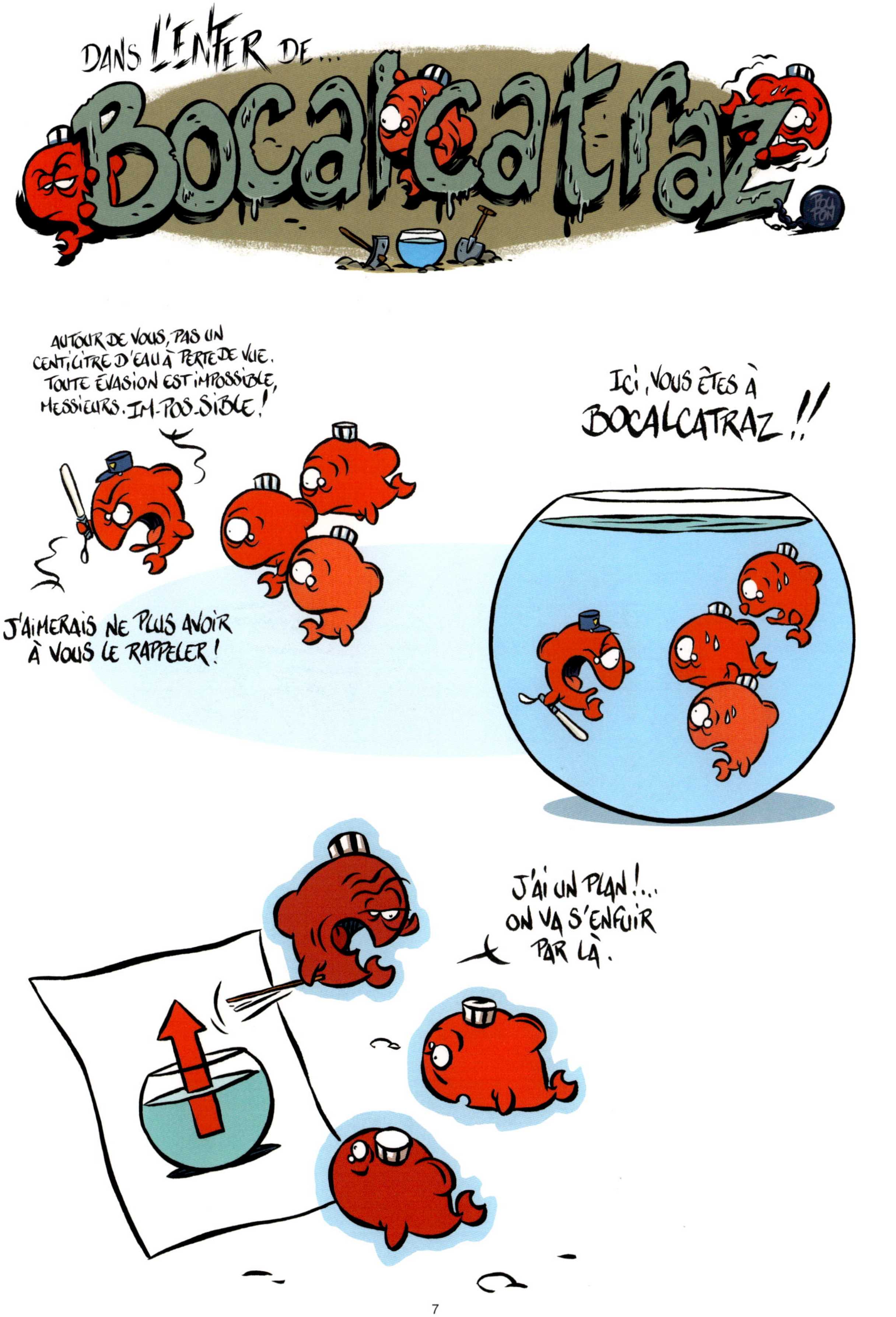

DANS L'ENFER DE...
Bocalcatraz
POUPON
AUTOUR DE VOUS, PAS UN CENTILITRE D'EAU À PERTE DE VUE. TOUTE ÉVASION EST IMPOSSIBLE, MESSIEURS. IM-POS-SIBLE !
ICI, VOUS ÊTES À BOCALCATRAZ !!
J'AIMERAIS NE PLUS AVOIR À VOUS LE RAPPELER !
J'AI UN PLAN !... ON VA S'ENFUIR PAR LÀ.

POUR NOTRE FUTURE ÉVASION, RASSUREZ-VOUS, J'AI PLEIN D'IDÉES.
MAIS JE NE VOUS CACHE PAS QUE...
CE SERA BEAUCOUP, BEAUCOUP PLUS FACILE, SI ON RÉUSSIT À CONVAINCRE L'EAU DE VENIR AVEC NOUS.
PROFITER D'UNE BOUTEILLE DE ROUGE POUR S'ÉCHAPPER...
QU'EST-CE QU'IL EST FORT CE CHEF !
CHHHUT
LE PLAN EST TRÈS SIMPLE...
EXACTEMENT COMME LE CHEVAL DE TROIE, MAIS AVEC UN CANARD EN PLASTIQUE JAUNE.
UNE FOIS DANS LA BAIGNOIRE, ON SE BARRE PAR LES CANALISATIONS.

SALUT BEAUTÉ, ON VOUS A DÉJÀ DIT QUE VOUS AVIEZ UNE PLASTIQUE SUPERBE...
MIAOU, MIAOU ! CE CON DE PIAF VA TOUT FAIRE RATER ! MIAOU !!
MIAOU !!!
VOUS POUVEZ ARRÊTER CHEF... IL A FINI PAR COMPRENDRE.
DES COMPLICES NOUS RÉCUPÈRERONT À LA SORTIE.

JE DOIS AVOUER QUE LA PREMIÈRE FOIS QUE TU M'AS PARLÉ DES CHEVAUX...
L'ÉVASION ME SEMBLAIT BEAUCOUP PLUS PROCHE
LE PLAN EST SIMPLE : À 3, ON RETOURNE LE BOCAL COMME UNE CHAUSSETTE...
ALLEZ ! 1, 2 ET 3 EEEEEETTTT...
ET À 4, L'EAU SERA À L'EXTÉRIEUR, ET L'AIR À L'INTÉRIEUR, TOUT SIMPLEMENT...

ALORS LÀ, CHEF, JE VOUS ADMIRE ! JAMAIS JE ME SERAIS DOUTÉ QUE LES CHATS AVAIENT UNE BAIGNOIRE...
UNE, DEUX ! UNE, DEUX ! UNE...
RAAaaa ! MAIS C'EST PAS VRAI ÇA !! QU'EST-CE QU'ELLES ATTENDENT POUR AVANCER ?!
LAISSEZ TOMBER, CHEF ! J'AI L'IMPRESSION QU'ELLES SONT CASSÉES...

Le FOND du BOCAL
MAIS PUISQUE JE TE LE DIS !!
SUPER GRANDE, PAS DE FESSES, PAS DE SEINS, ET DES GROSSES LÈVRES !
J'AI UN "TOP. MODEL" DANS MON BOCAL, MEC ! UN "TOP. MODEL" !!
LA PETITE SIRÈNE PAR CI, LA PETITE SIRÈNE PAR LÀ... J'VOIS PAS CE QU'ON LUI TROUVE DE SI EXTRAORDINAIRE !
C'EST VRAI QUOI ! ENCORE HEUREUX QU'ELLE AIT UN BEAU CUL, AVEC LA TRONCHE QU'ELLE SE PAYE...

UN TIGRE, UN ZÈBRE, QUE VEUX-TU QUE J'EN SACHE...
ILS SE RESSEMBLENT TOUS !
MOI, C'QUE J'VOUDRAIS, C'EST UN BOCAL EN FORME DE MER.

T'AS VU MON CHÉRI ? Y'A PHILIPPE STARK QU'A FAIT CONSTRUIRE JUSTE À CÔTÉ.
QUAND JE VOIS DES CHOSES COMME ÇA, MA CHÉRIE, JE ME DIS QU'IL FAUT VRAIMENT QU'ON ARRÊTE DE SE PLAINDRE...
IL Y A QUAND MÊME BEAUCOUP, BEAUCOUP PLUS MALHEUREUX QUE NOUS...
JE NE VEUX PAS T'INQUIÉTER, MA CHÉRIE, MAIS À PROPOS DE NOTRE ADOPTION À L'ÉTRANGER...
JE ME DEMANDE SI ON N'A PAS FAIT UNE GROSSE BÊTISE...

ON A TOUS UN TALENT CACHÉ, UN POUVOIR EXTRAORDINAIRE, MÊME LES PLUS BANALS D'ENTRE NOUS...
MOI, MON SUPER POUVOIR, C'EST D'ALLONGER LE TEMPS.. ET ÇA MARCHE !
PLUS JE NE FAIS RIEN, MOINS MES JOURNÉES SONT COURTES
AAARRÊTE DE ME PRENDRE POUR UNE IDIOTE !
TU AS RECOMMENCÉ À FUMER, JE LE SENS !!
QU'EST-CE QU'IL NOUS VEUT ENCORE CELUI-LÀ ?!

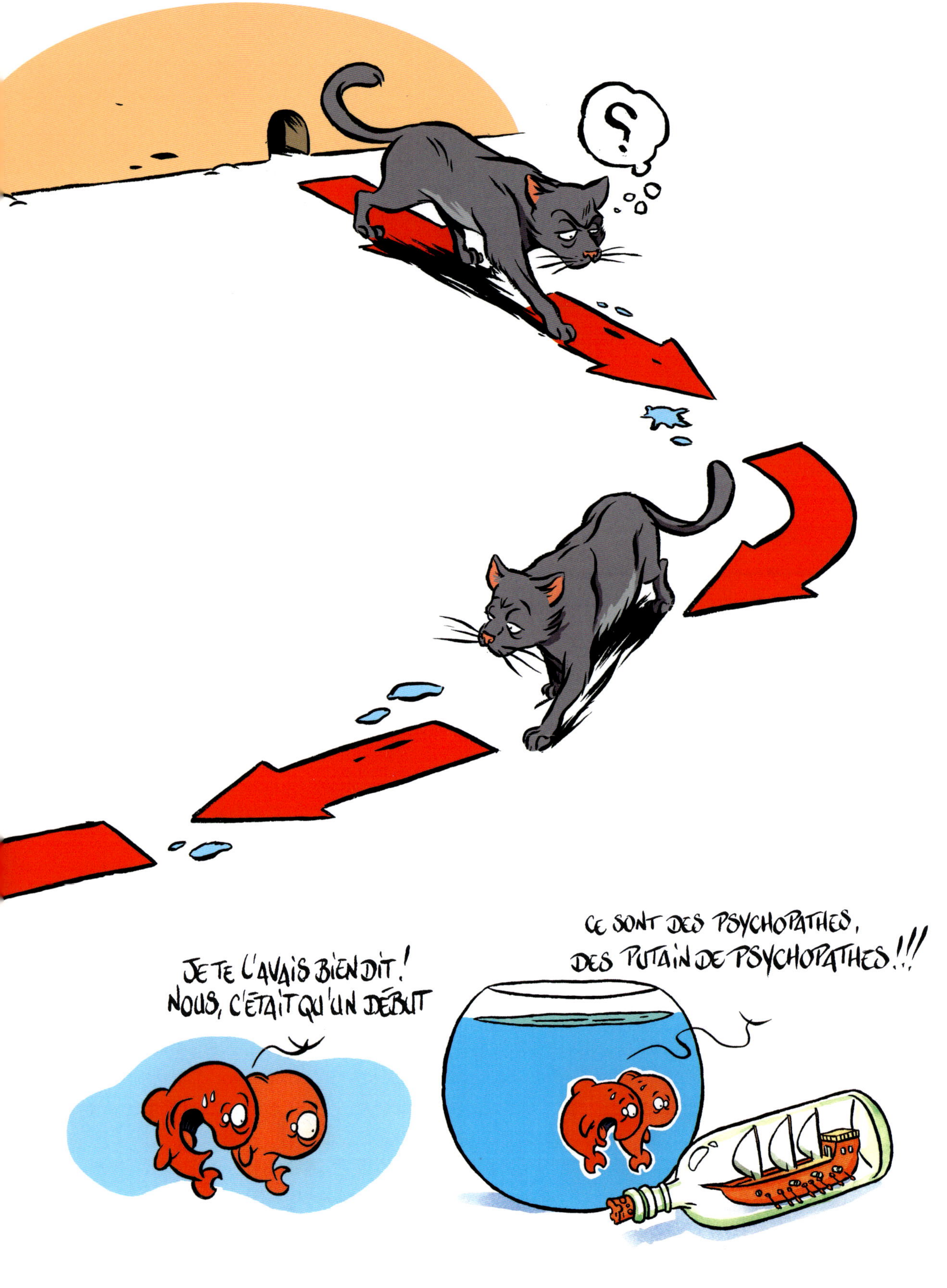
?
JE TE L'AVAIS BIEN DIT !
NOUS, C'ÉTAIT QU'UN DÉBUT
CE SONT DES PSYCHOPATHES,
DES PUTAIN DE PSYCHOPATHES !!!

LE FOND DU BOCAL
BON SANG ! C'EST QUOI, LE PROBLÈME ?!
C'EST PAS ASSEZ BIEN DESSINÉ ? TU SAIS PAS LIRE ? J'SAIS PAS MOI...
C'EST POURTANT PAS DUR À COMPRENDRE !!
MIAM
MIAM
ÉVIDEMMENT, COMME MESSAGE SUBLIMINAL, ON A DÉJÀ FAIT PLUS DISCRET...
MAIS BON, SI ÇA PEUT FINIR PAR LUI RENTRER DANS LA TÊTE...
CROQUETTES
KAS
CRO
WISKRAS

IL SUFFISAIT PARFOIS D'UN DÉTAIL, POUR ANÉANTIR UNE SUBTILE OPERATION DE CAMOUFLAGE.
MIAOU
CUI CUI
MIAOU
MIAOU MIAOU
Y'A PAS D'ARÊTES DANS LES CROQUETTES ! Y'A PAS D'ARÊTES DANS LES...
TE MARIER ?! MAIS, QU'EST-CE QUE TU ATTENDS POUR NOUS LE PRÉSENTER TON FÉLIX !

SACHANT LA THÈSE DE LA LÉGITIME DÉFENSE DIFFICILEMENT TENABLE, MISTIGRI OPTA FINALEMENT POUR UN "MIAOU", MOINS SUJET À LA POLÉMIQUE.
MIAOU ?...
FISTON, DANS CE GRAND MANÈGE QU'EST LA VIE, LA RÈGLE EST TRÈS SIMPLE.
NE JAMAIS ATTRAPER LA QUEUE DU MICKEY !
PATIENCE... ILS FINIRONT BIEN PAR TENTER UNE SORTIE...

C'EST PAS POSSIBLE ! ILS LE NOURISSENT À QUOI CE CHAT, POUR ÊTRE AUSSI CON !!
DU SABLE !! CETTE FOIS, JE CROIS QU'ON A RÉUSSI. LA MER DOIT SE TROUVER JUSTE AU-DESSUS !

Dans l'enfer de
Bocalcatraz
SCHRK
SCHRK
SCHRK !
ALORS CHEF.. ON A RÉUSSI ?
HEU... JE PARLERAIS PLUTÔT DE PROGRESSION... MAINTENANT ON A UN DUPLEIX.
ALORS ?
TOUJOURS PAREIL, Y DOIT Y AVOIR UN SYSTÈME DE SÉCURITÉ. À CHAQUE FOIS QU'ON S'APPRÊTE À SORTIR DE L'EAU,... ELLES DISPARAISSENT...
GNNNHH

C'EST LE MOMENT D'EN PROFITER...
SOURIEZ LES GARS !
SANS SOURIRE, PAS D'ACHAT...
ET, SANS ACHAT, PAS D'ÉVASION !
CAR, OUI MESSIEURS, J'AI ORGANISÉ POUR VOUS LA 1ERE ÉVASION QUI VA RAPPORTER DE L'ARGENT AUX ÉVADÉS...
REPARTIR COMME ON EST ARRIVÉS ! J'COMPRENDS PAS QU'ON Y AIT PAS PENSÉ PLUS TÔT...
À VENDRE

ALLO, OUIII, BONJOUR... OUI, CE SERAIT POUR UN DON D'EAU...
OUI... POUR LUTTER CONTRE LES INCENDIES.
UNE FOIS DANS LE CANADAIR, ON LE DÉTOURNE JUSQU'À LA MER.

...AFFREUX... LE CHEF A DISPARU PENDANT LA NUIT... VOILÀ TOUT CE QU'IL EN RESTE...

Le fond du Bocal

CACHE-CACHE.

ÉCOUTE ÇA, MA CHÉRIE ! ÇA FAIT FROID DANS LE DOS !
SI J'EN CROIS CETTE ÉTUDE, ARTICLE, 100 % DES POISSONS ROUGES DALTONIENS DEVIENNENT SCHIZOPHRÈNES !
20 MIN

DÉJA, LES BEATNIKS DANS VOTRE GENRE, C'EST PAS TROP MON TRUC.
MAIS QUAND, EN PLUS, ILS VIENNENT SQUATTER MON BOCAL !!

SOCIÉTÉ
SOOOCIÉTÉÉÉ
TU M'AURAS PAS !
SI C'EST PAS MALHEUREUX ! SE DROGUER QUAND IL N'Y A RIEN D'AUTRE À PENSER QUE TOURNER POUR ÊTRE HEUREUX !
BAIN MOUSSANT

...AI SOIF !
" SOIF... SOIF ? "... S'IL VEUT QU'ON L'AIDE, VA FALLOIR QU'IL SOIT UN PEU PLUS CLAIR QUE ÇA...
C'EST QUAND JE VOIS DES CRÉTINS PAREILS QUE JE ME DIS QUE TROIS SECONDES DE MÉMOIRE, C'EST PAS SI MAL, FINALEMENT.
COMPLÈTEMENT TARÉ !
UN DROGUÉ, SÛREMENT...
OU PIRE... UN ARTISTE.
OUAAAH COOOOL !...

ENCOOORE PLEINE ?! MAIS C'EST PAS VRAI, ELLE EST SANS FIN CETTE BOUTEILLE.

ET VOILÀ, MAINTENANT IL NE RESTE PLUS QU'À ATTENDRE...
LES SECOURS NE DEVRAIENT PLUS TARDER.

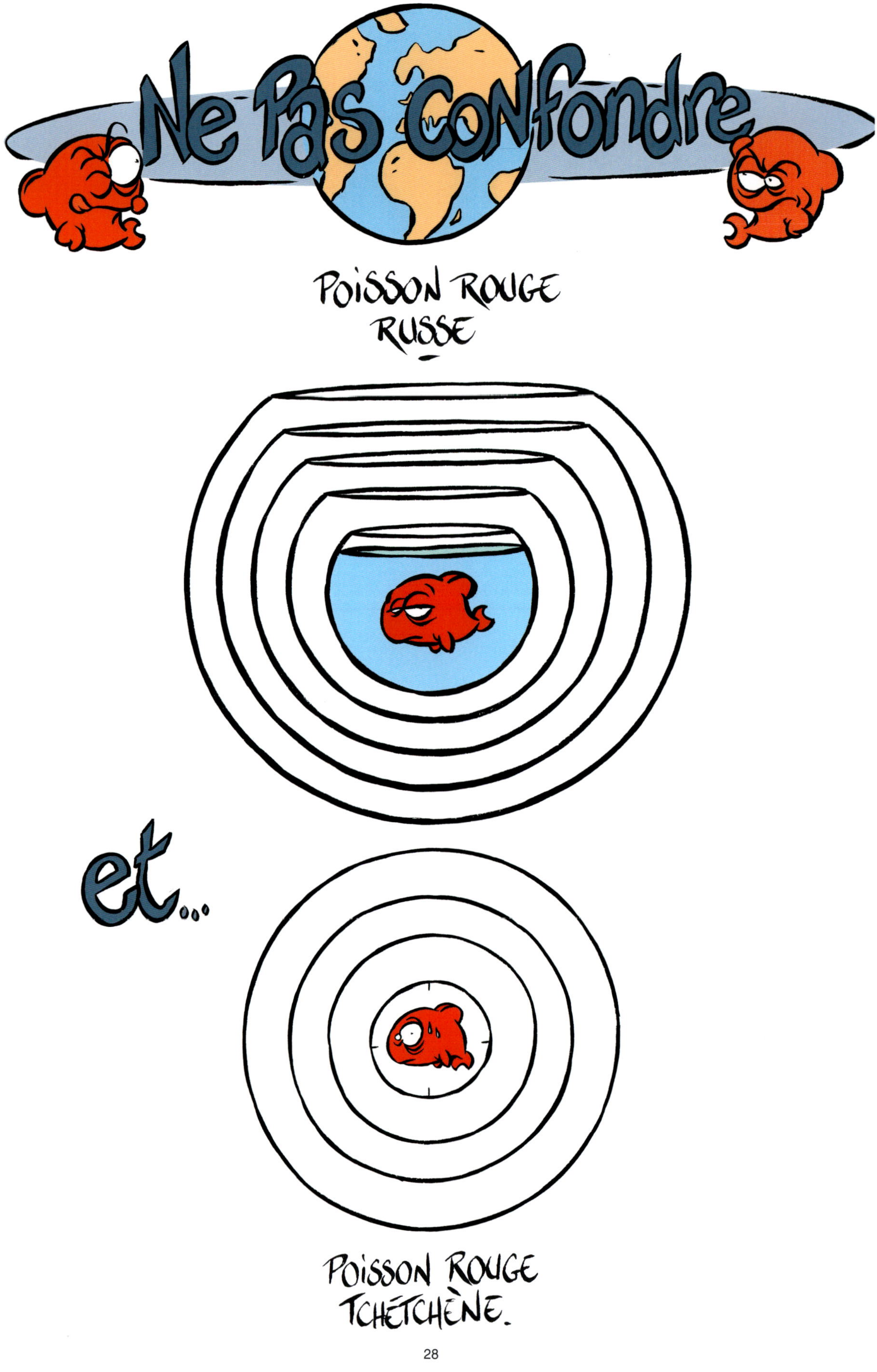
Ne Pas Confondre
POISSON ROUGE RUSSE
et...
POISSON ROUGE TCHÉTCHÈNE.

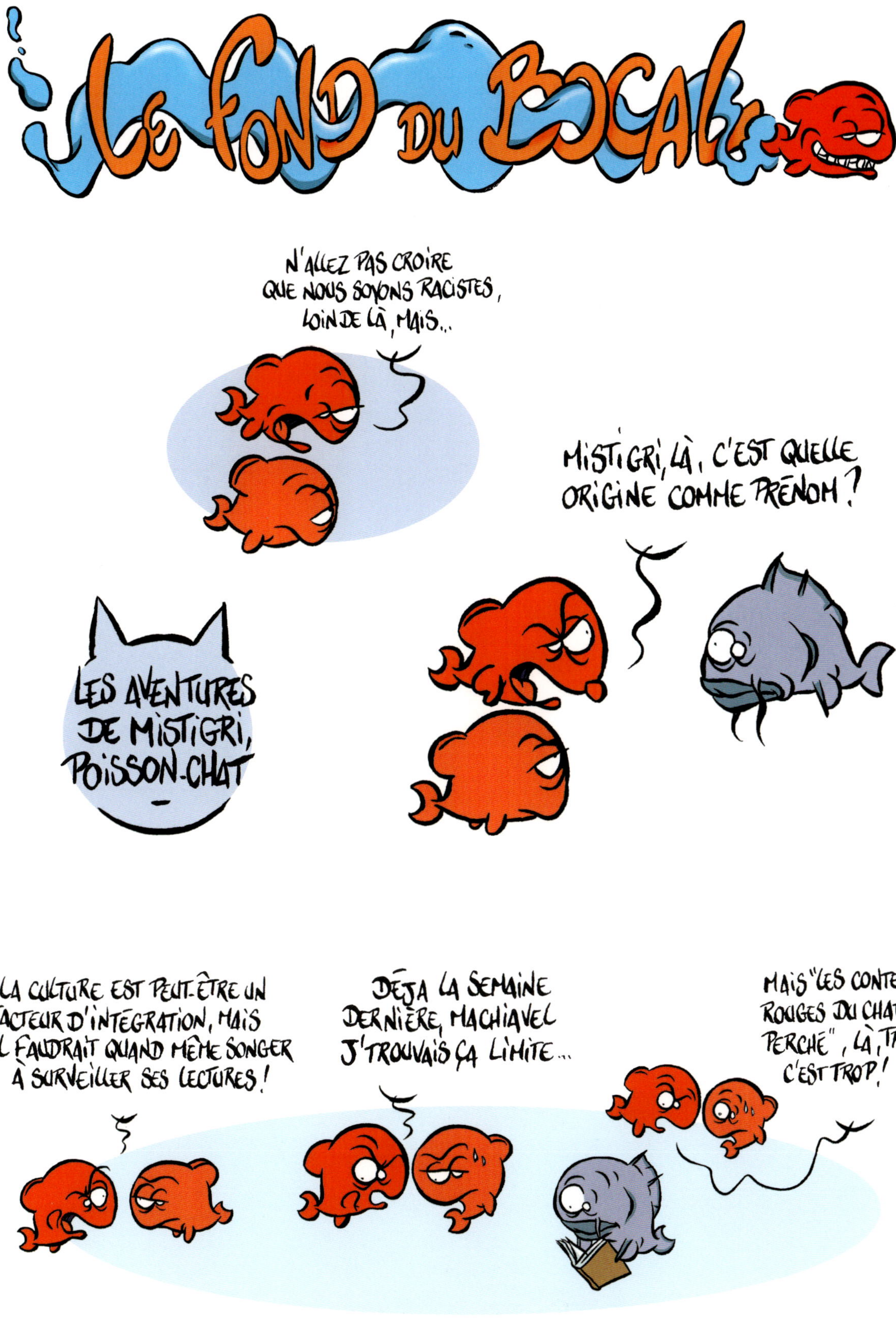
LE FOND DU BOCAL
N'ALLEZ PAS CROIRE QUE NOUS SOYONS RACISTES, LOIN DE LÀ, MAIS...
LES AVENTURES DE MISTIGRI, POISSON-CHAT
MISTIGRI, LÀ, C'EST QUELLE ORIGINE COMME PRÉNOM ?
LA CULTURE EST PEUT-ÊTRE UN FACTEUR D'INTÉGRATION, MAIS IL FAUDRAIT QUAND MÊME SONGER À SURVEILLER SES LECTURES !
DÉJÀ LA SEMAINE DERNIÈRE, MACHIAVEL J'TROUVAIS ÇA LIMITE...
MAIS "LES CONTES ROUGES DU CHAT PERCHÉ", LÀ, TROP C'EST TROP !

JE CROIS RÊVER ! MONSIEUR TIENT DES PROPOS NIHILISTES À LONGUEUR DE JOURNÉES.
MIAOU
ET APRÈS, ON VA VENIR ME DIRE QU'IL CHERCHE À S'INTÉGRER !
MIAOU
UN POISSON-CHAT !! VA FALLOIR QUE TU M'EXPLIQUES, MA CHÉRIE !!
ON VOUS A DÉJÀ DIT QUE VOUS AVIEZ DES YEUX DE TIGRESSE ?
MISTIGRI : LES ORIGINES

QU'EST-CE QU'IL A LE NOUVEAU ? IL ME FAIT LA GUEULE ?
LAISSE TOMBER VIEUX, IL EST BIZARRE...
D'ACCORD, Y FAIT BIEN SON BOULOT... MAIS QUAND MÊME ...
LES AVENTURES DE MISTIGRI, POISSON-CHAT
TU RECONNAITRAS QU'ENGAGER UN INTERPRÊTE À PLEIN-TEMPS...
POUR TRADUIRE "MIAOU-MIAOU" PAR "MIAM-MIAM", C'EST PEUT-ÊTRE UN PEU EXCESSIF ...

APRÈS AVOIR CRU TROUVER EN COCO, COMPAGNON DE DIFFÉRENCE, L'AMI QU'IL CHERCHAIT...
MIAOU
MIAOU
MIAOU MIAOU ?
MIAOU MIAOU ?
MISTIGRI SE RENDIT COMPTE QUE SES RELATIONS AVEC LE POISSON-PERROQUET RESTAIENT FINALEMENT ASSEZ SUPERFICIELLES.
PETIT VISQUEUX À GROS POILU - L'EAU NE DORT PAS SEULE - C'EST LE MOMENT DE SE RÉVEILLER - JE RÉPÈTE...
RRRFF
ENCORE UN DRAME DE L'ALZEIMER !
PAPA, SOUVIENS-TOI, C'EST MOI TON FILS !!

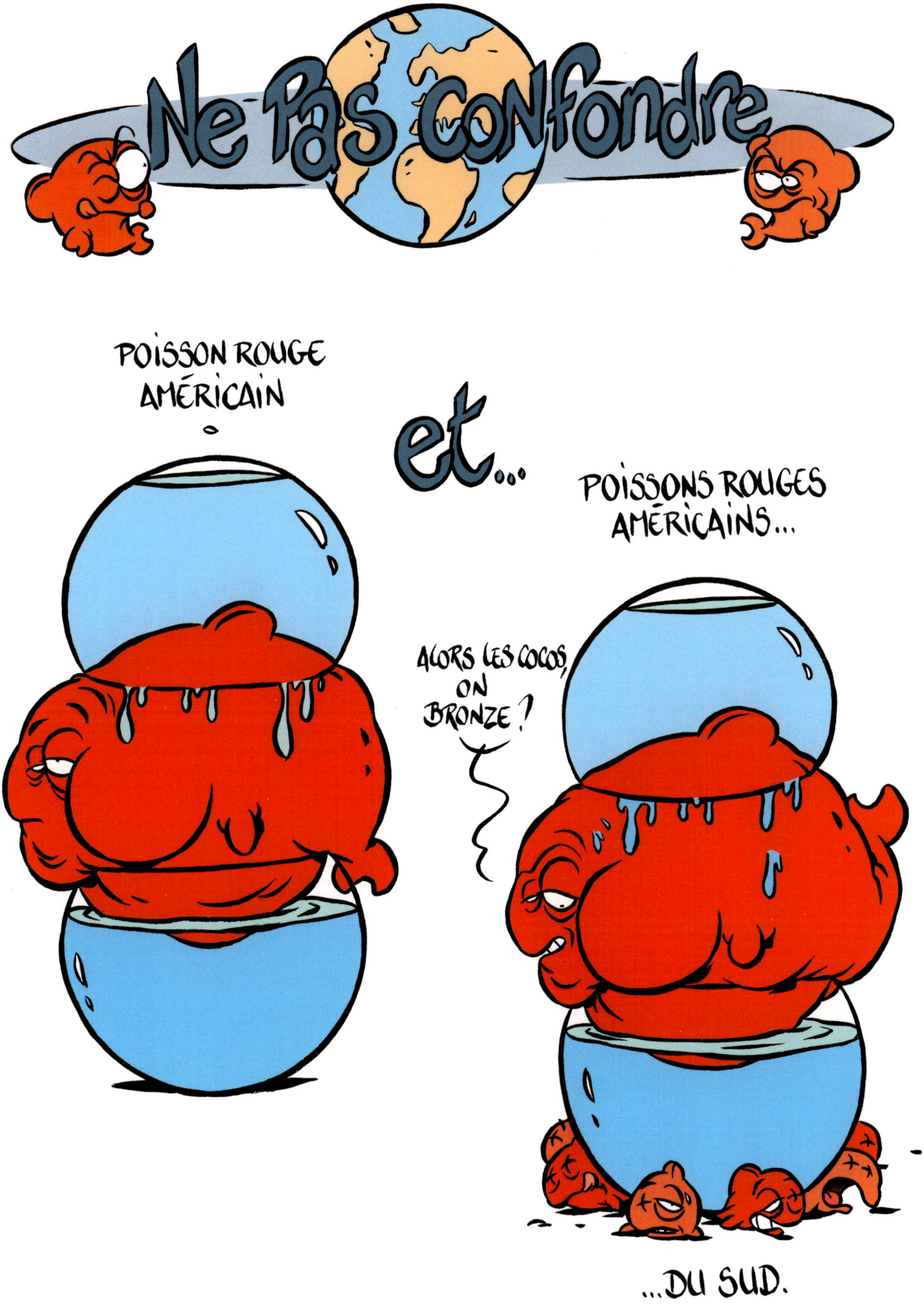
Ne Pas confondre
POISSON ROUGE AMÉRICAIN
et...
POISSONS ROUGES AMÉRICAINS...
ALORS LES COCOS, ON BRONZE ?
...DU SUD.

"TITANIC" ? OUI, C'EST VRAI, UN TRÈS BEAU FILM... MAIS TOUS CES NOYÉS, QUAND MÊME...

QU'EST-CE QUE ÇA DONNE FAIM !
CROUIK

CRONCH
CRONCH
CRONCH
CRONCH
HEU... SANS VOULOIR VOUS COUPER L'APPÉTIT... VOUS ÊTES SÛRS QU'ON EST LÀ POUR DISTRAIRE LES GOSSES ?

Le fond du Bocal

Le Fond du BOCAL
POU PON
ÉVIDEMMENT QU'ON VOUS EST SUPÉRIEURS !
T'AS DÉJÀ VU DES "OISEAUX NAGEANTS" PEUT-ÊTRE ?
CONFUSION DES GENRES (1)
MOOOMAN !
TU VOLES, TU VOLES ! OK !
C'EST VRAI QU'ON PEUT CONSIDÉRER ÇA COMME UN AVANTAGE. MAIS MOI...
MOI, J'AI JAMAI SOIF !

TU SAIS QU'UNE BÊTE, UNE STUPIDE, UNE MINUSCULE, UNE RIDICULE PETITE FOURMI EST CAPABLE DE PORTER JUSQU'À 40 FOIS SON POIDS.
ET TOUT ÇA SANS LE MOINDRE PETIT DÉBUT D'AILE
QU'ONT-ILS FAIT POUR MÉRITER ÇA ?
J'AI VOLÉ
J'AI NAGÉ
CONFUSION DES GENRES (2)

ÉVIDEMMENT QU'ILS FONT ÇA PAR VENGEANCE ! FAUT PAS OUBLIER QU'ILS VIVENT EN APPARTEMENT TOUTE L'ANNÉE.

UN PETIT POISSON, UN PETIT OISEAU S'AIMAIENT D'AMOUR TENDRE, MAIS COMMENT S'Y PRENDRE...
FAUT VRAIMENT QU'ON RÉUSSISSE À SE TIRER D'ICI... L'AMBIANCE DEVIENT CARRÉMENT MALSAINE...

OUAIS, C'EST ÇA GAMIN ! VAS-Y ! OUAAAAIIS !!
COMME J'T'AI APPRIS GAMIN ! C'EST LE DÉCOLLAGE LE PLUS DIFFICILE !!!
SERIAL KILLER ? PIRANHA MANGEUR D'HOMMES ? HANNIBAL LE ROUGE ?
NON, POISSON VOLANT

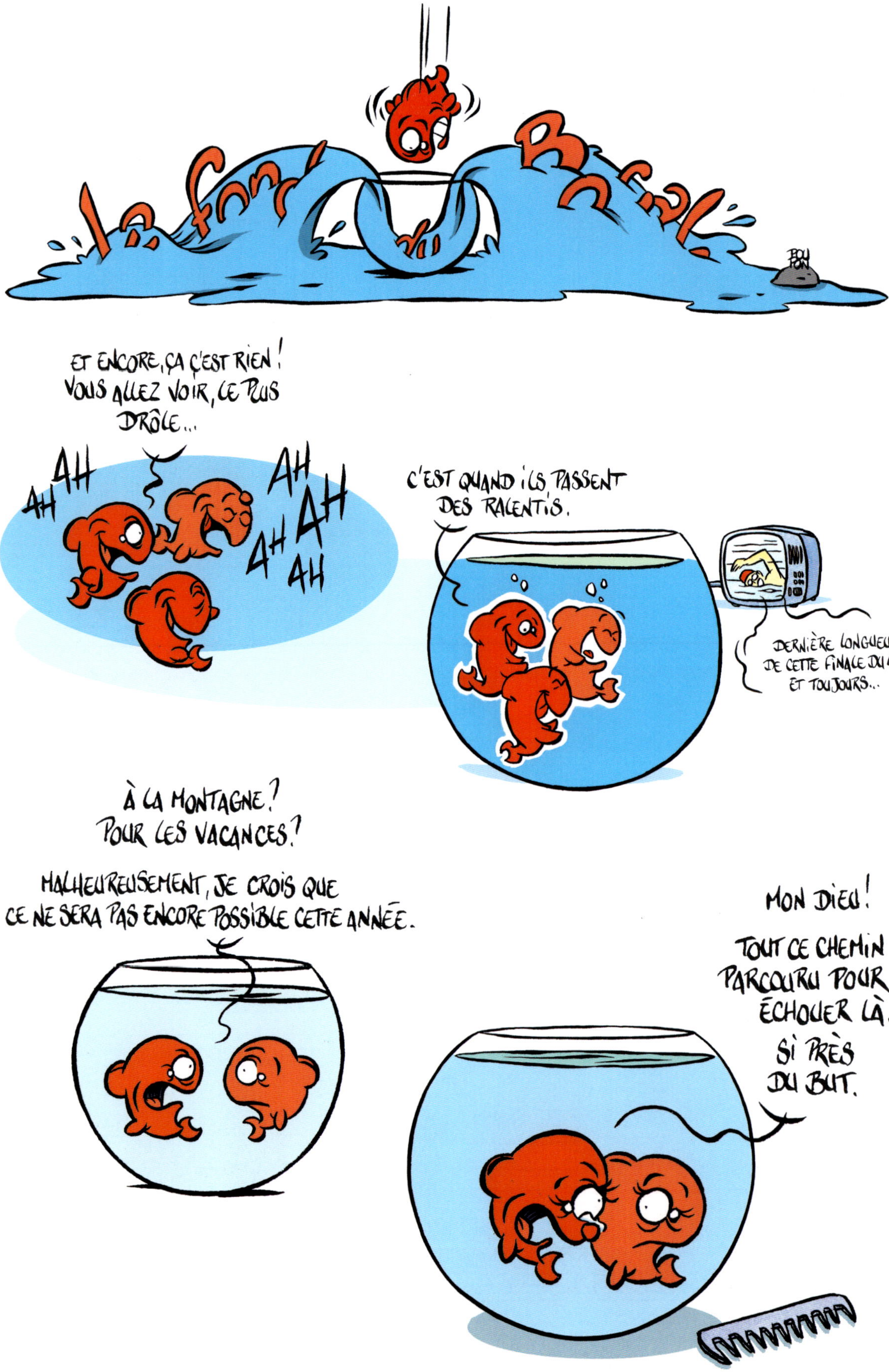
ET ENCORE, ÇA C'EST RIEN ! VOUS ALLEZ VOIR, LE PLUS DRÔLE...
AH AH AH AH AH AH AH
C'EST QUAND ILS PASSENT DES RALENTIS.
DERNIÈRE LONGUEUR DE CETTE FINALE DU 400 M, ET TOUJOURS...
À LA MONTAGNE ? POUR LES VACANCES ?
MALHEUREUSEMENT, JE CROIS QUE CE NE SERA PAS ENCORE POSSIBLE CETTE ANNÉE.
MON DIEU !
TOUT CE CHEMIN PARCOURU POUR ÉCHOUER LÀ... SI PRÈS DU BUT.

CERTES, LE MOTIF EST ORIGINAL...
LES COULEURS SONT TRÈS "JOYEUSES", MAIS...
CE PAPIER PEINT, T'ES SÛRE QUE ÇA ÉGAYE TANT QUE ÇA, MA CHÉRIE ?

DIS-DONC JOJOSY, C'EST BIEN LA PEINE DE GUEULER CONTRE LE MAÏS TRANSGÉÉÉNIQUE, SI C'EST POUR ACHETER DU PINARD EN CACHETS !
1665

MAIS, C'EST PAS VRAI ! ARRÊTE-DONC DE T'INQUIÉTER POUR RIEN.
T'AS ENTENDU COMME MOI, LE REPRENEUR A ÉTÉ FORMEL...
UN PLAN DE RECLASSEMENT EST DÉJÀ PRÉVU !

MAIS !... CHÉRIE, QU'EST-CE QUE TU FAIS ?
JE RANGE, FIGURE-TOI ! TOUTE CETTE EAU QUI TRAÎNE, ÇA ME BOUFFE L'ESPACE !!

"DE LA COMPAGNIE QU'ILS DISAIENT.."
SAAADIIIQUES !! PERVEEERS !!!

20 FOIS QU'ON REPASSE AU MÊME ENDROIT, ON EST PERDUS J'TE DIS ! PER-DUS !!!

STARSKY ET HUTCH
-
C'EST DINGUE QUAND MÊME, COMME LES GENS N'SONT PAS PHYSIONOMISTES, PAS VRAI STARSKY ?
SÛR HUTCH, SÛR...
LE PROCHAIN QUI NOUS APPELLE COCA ET COLA, C'EST DIRECT AU POSTE !

POISSON ROUGE JAPONAIS

Le Fond du Bocal

"BULLER", "TOURNER EN ROND"...
VISIBLEMENT, QUELQU'UN A DÉCIDÉ DE DÉNIGRER NOTRE ACTION.
IL VA DÉCIDÉMENT FALLOIR SONGER À INSTAURER UN SENS UNIQUE AVANT QUE CE BOCAL NE SOMBRE DANS L'ANARCHIE LA PLUS TOTALE.
AH, TOI AUSSI ?!! MOI, PAREIL ! Y'A QUELQUE CHOSE QU'A CHANGÉ !
J'SAIS PAS QUOI, MAIS Y'A QUELQUE CHOSE...
BING

VOILÀ, VOUS Y ÊTES.
TOC TOC TOC
MAINTENANT, RIEN DE PLUS SIMPLE, VOUS N'AVEZ PLUS QU'À SUIVRE LE BORD.

CLAP CLAP CLAP CLAP
YIIIHAAAAAA
JE VOUS L'AVAIS DIT, IL EST VRAIMENT TRÈS, TRÈS FORT.
BRAVOOO
CLAP CLAP

le
du

ALORS, CETTE IDÉE DE "PARC SALADE", VOUS EN DITES QUOI ?...

J'SAIS PAS VOUS, MAIS MOI, ÇA M'FAIT PLUS TROP MARRER...

"OÙ SONT LES TOILETTES ?"
VOUS FAITES BIEN D'EN PARLER JEUNE HOMME.

JE NE M'ÉTAIS ENCORE JAMAIS POSÉ LA QUESTION.

OUVREZ-MOI, NOM DE DIEU ! OOOUVREZ MOOOOiii !

QUAND JE TE DISAIS QUE LE SPORT C'EST DANGEREUX.
IL A DIT QU'Y SORTAIT FAIRE SON JOGGING, ... MAIS VISIBLEMENT IL AVAIT PAS LA CONDITION...

SI TU POUVAIS ME PLANQUER 2 OU 3 JOURS, LE TEMPS QU'ILS M'OUBLIENT...
COLIN 19€/KG

COMMENT ÇA, TU NE TE RAPPELLES PLUS QUAND TES PATTES ONT POUSSÉ ?!!

POISSON ROUGE CORSE

Le Fond du Bocal
SPLOCH
NON MAIS JE RÊVE !
POUR QUI VOUS ME PRENEZ !! ON N'EST PAS À LA CAMPAGNE, ICI !!
TU VEUX PAS REGARDER, MA CHÉRIE, J'AI L'IMPRESSION QUE J'AI UNE VIEILLE CARIE QUI ME RELANCE...

LE PIERCING RAPPROCHE LES GÉNÉRATIONS.

ENCORE UN DE CES FOUTUS KAMIKAZES
SI SEULEMENT ON SAVAIT OÙ SE CACHENT LEURS CHEFS ?
CRUCIFIÉ... QUI DESCEND DU CIEL...
C'EST LUI, J'TE DIS ! C'EST LUIIIII !!

DANS L'ENFER DE
B CALCATRAZ
VOILÀ, LE PLUS DUR EST FAIT..
MAINTENANT, IL SUFFIT QU'IL Y EN AIT UN QUI SE SACRIFIE.

BON, LE PLAN EST SIMPLE... JE SÉDUIS SA FEMME, JE LA CONVAINC DE NOUS EMMENER À LA MER, ...
ET LÀ, ON S'ÉCHAP...
LA MER?!! POUAH!!! C'EST BEAUCOUP TROP SALÉ!
ÉVIDEMMENT, ÇA N'A PAS ÉTÉ FACILE... MAIS VOUS CONNAISSEZ VOTRE CHEF BIEN AIMÉ.
UNE IDÉE GÉNIALE, BEAUCOUP DE TRAVAIL, ET VOILÀ COMMENT EST NÉ...
LE PÉDATERRE!

CHEF ! CHEF ! Y'A GUDULE QUI S'ÉCHAPPE SANS NOUS PRÉVENIR !!
CONSTRUIRE UNE VOITURE, POUR S'ENFUIR ?... BONNE IDÉE LES GARS... ON A DÉJÀ LE PARE-BRISE.
BON, POUR L'INSTANT TOUT SE PASSE COMME PRÉVU... IL À L'AIR DE NE S'ÊTRE ENCORE RENDU COMPTE DE RIEN.
MAIS JE VOUS CACHE PAS QU'AU MOMENT OÙ IL VA ENLEVER SON CHAPEAU, IL VA FALLOIR JOUER SERRÉ.

L'INSTINCT DU ~~CHASSEUR~~ PÊCHEUR

BOCAL
TU PEUX ALLER VOIR MA CHÉRIE, JE CROIS QU'ON A SONNÉ...

BIEN SÛR, LE COMBAT PEUT SEMBLER INÉGAL... MAIS C'EST QUAND MÊME PAS NOTRE FAUTE SI ON A LE PHOSPHORE À DOMICILE...
VAS-Y, C'EST LE MOMENT ! FERRE !!!
SPLOSH
DES ÉPINARDS !! UN PEU MOINS DE PHOSPHORE, ET UN PEU PLUS D'ÉPINARDS !

NOON, DONNEZ PAS !!
C'EST DU CHIQUÉ !
IL A DES CROQUETTES
QUI L'ATTENDENT
À LA MAISOOON...
POUR
MANGER
S.V.P.

"LE BOUCHER DES BALKANS,
LA BOUCHERIE DU RWANDA,
LE BOUCHER DE...
PAUVRES BOUCHERS, ILS
ONT PAS L'AIR TROP AIMÉS.
QUELLE INJUSTICE !
QUAND ON SAIT CE DONT
EST CAPABLE UN POISSONNIER...

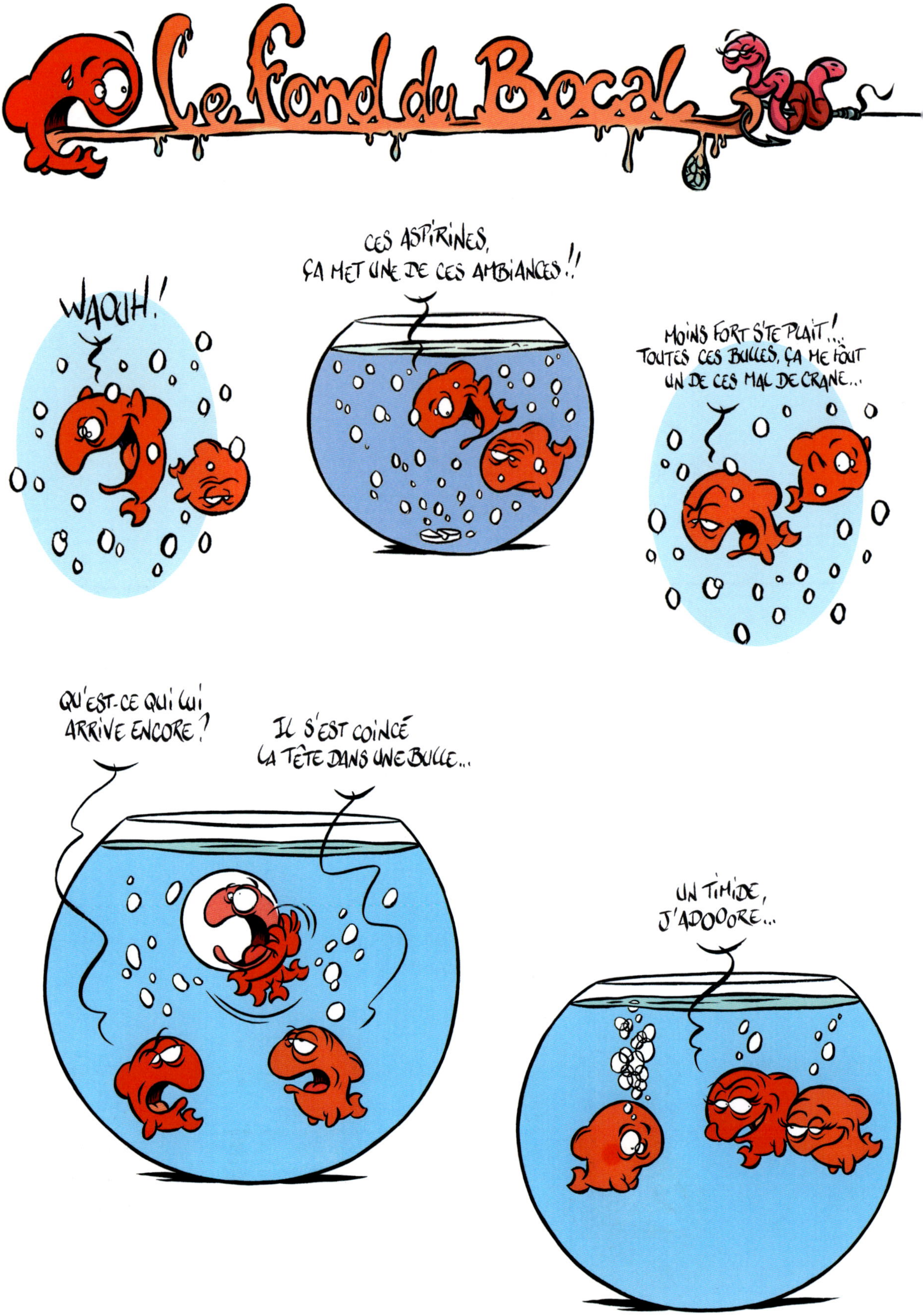
Le Fond du Bocal
WAOUH !
CES ASPIRINES, ÇA MET UNE DE CES AMBIANCES !!
MOINS FORT S'TE PLAIT !... TOUTES CES BULLES, ÇA ME FOUT UN DE CES MAL DE CRANE...
QU'EST-CE QUI LUI ARRIVE ENCORE ?
IL S'EST COINCÉ LA TÊTE DANS UNE BULLE...
UN TIMIDE, J'ADOOORE...

OULÀ ! Y'A LES VOISINS QU'ONT LAISSÉ UN MOT SUR LA PORTE, ET...
J'AI L'IMPREEESSION QU'ILS ONT PAS TROP L'ESPRIT FÊTE...
TU TE SOUVIENS, AVANT CE TRUC, QUAND ON DEVAIT SE LAVER TOUS LES JOURS ?
APRÈS UNE VIE À NE LIRE QUE DES BANDES DESSINÉES ...
LARGO FISH
ON NE POUVAIT PAS DIRE QUE GUDULE RESPIRAIT L'INTELLIGENCE.

BON, JE RÉCAPITULE, JE SUIS NÉ Y'A CINQ MINUTES, ON A FAIT LE TOUR DE LA PROPRIÉTÉ...

ET MAINTENANT ON FAIT QUOI ?